EU PSICOPATA

Wayne Rocha Mendes

Wayne Rocha Mendes

EU PSICOPATA

2ª Edição

Vila Velha

Edição do Autor

2018

Sumário

1 - Prefácio

Participo aos meus leitores que este livro é uma obra de ficção, qualquer semelhança com nomes, pessoas, fatos ou situações da vida real terá sido mera coincidência.

O conteúdo aqui exposto trata de uma situação na qual o personagem principal, um psicopata, desembarca na cidade do Rio de Janeiro e vive suas aventuras rotineiras.

Convivendo em uma sociedade na metrópole do Rio de Janeiro, o protagonista eleva o seu potencial, quando comete crimes por vários motivos, muitas vezes banal, sendo seguido e vigiado por uma estranha criatura.

Contemplando os seus feitos e o seu sucesso, o personagem principal adquire confiança para escalar níveis maiores de desafios e exatidão por meio do seu talento nato: matar suas vítimas.

E este livro retrata as situações vividas e narradas pela mente do próprio mentor das ações.

Uma obra de ficção que pode permitir ao leitor mais experiente a sensação de penetrar na mente de um psicopata conciso e preciso em suas ações.

Que a sorte esteja lançada para suas vítimas, por que o psicopata não vai perdoar nenhuma presa que pode ser atacada e até devorada pela mente doentia, mas fatal para os desavisados.

2 - O desembarque

"Hum." Eu penso.

"Acabei de chegar." Eu penso.

Depois de uma longa viagem, chego aqui neste lugar, que muitos chamam de maravilhosa, que muitos chamam de beleza divina! Mas o que eu descobri é que aqui o crime e a corrupção são comuns. Com uma média de 154 homicídios por dia, 50 mil estupros por ano, latrocínios e assaltos em todos os lugares, tráfico de drogas e segurança pública falha. Cheguei, e cheguei ao Brasil, na cidade maravilhosa. Cheguei ao Rio de Janeiro, belo para um leigo, mas mortal para os desavisados.

Eu irei fazer parte desta cidade imunda!

Qual o significado de um homicídio a mais?

Qual o significado de um atentado a mais?

Qual o significado de um caçador a mais?

"Nada." Eu penso.

"Absolutamente nada." Eu penso.

Ninguém se importa com os outros!

Mas quando estiverem fugindo de mim...

Hahahahah...

Tudo será importante!

Vou mostrar o significado de uma vida, mas o arrependimento será tardio!

Vou mostrar a simplicidade de uma vida sem vícios, mas o arrependimento será em vão!

Vou mostrar a sua própria fúria, todo o seu ódio e todo o seu fracasso, mas o que você acredita irá desaparecer!

Eu serei mortal e irei mostrar minha excitação enquanto caço, capturo e mato.

Talvez você já saiba quem eu sou. Talvez você consiga definir o meu perfil e talvez; eu disse talvez você consiga ver a minha sombra, antes de ser sucumbido por um golpe violento e rápido, a ponto de ficar inconsciente para que a nossa diversão comece.

Eu sou aquele que anda ao seu lado, vivo entre vocês, sou sociável e amigo, tenho boas conversas para lhe atrair e consigo o que eu quero.

O que eu quero é o prazer e a vontade esmagadora de matar!

Matar, matar e matar, em busca de números e qualidades das vítimas.

Eu sou EU PISICOPATA!

Eu vou lhe contar uma história que você vai querer ouvir!

Eu vou lhe contar detalhes do que eu fiz nesta cidade em alguns dias!

E confesso: a cidade é maravilhosa!

3 - Praia de Copacabana

Assim que saio do aeroporto, alugo um carro em uma concessionária próxima!

Eu também não gosto de andar de ônibus!

Esta cidade é perigosa!

Você não sabe que ocorrem assaltos frequentes nos transportes públicos?

Hahahah...

Ironia sempre é o meu forte!

Nossa. Como o trânsito aqui é ruim. Isto me estressa! Li que o estresse provocado pelo trânsito faz muito mal a saúde. Pessoas ficam horas nestes congestionamentos. Perdem tempo de lazer com suas famílias e chegam ao trabalho ou em suas casas exaustos.

Alguns até morrem de infarto!

Irônico...

O trânsito é muito mais perigoso do que eu. Mata muito mais e faz mais vítimas.

E por isto não posso perder uma boa oportunidade de fazer mais uma.

Olhe lá!

Hahahahah...

Um motociclista.

"Hum..." Meu predileto!

Basta um toque com o meu carro e ele cai com a cabeça no chão.

Mas eu estou parado, no trânsito, no engarrafamento, lembra?

Mas lá vem ele. O motociclista, entre os carros.

O que faço?

 Não posso deixar escapar um simples tira gosto.

Um simples toque e...

Rapidamente quanto ele chegou perto do meu carro em alta velocidade, eu viro levemente o volante para o lado direito e pronto; ele está no chão.

Incrível e bonito foi o tombo.

Hahaha...

Mas espere!

Será um milagre?

Ele se mexe!

E o trânsito também.

Avanço sobre ele?

Pessoas estão vendo a mesma cena!

Mas um ônibus, que odeio vem, em velocidade proibida, o que é comum aqui nesta cidade, e atropela o motociclista.

Hum...!

Irônico não?

Fiz apenas um leve toque no volante, ninguém percebeu a minha culpa.

Mas a consequência é real.

A consequência foi incrível!

Muito bom o resultado.

Você deveria estar lá para ver!

Acabei de chega ao Rio de Janeiro, e o meu placar já está em um.

Tolos, são todos vocês, que não me vê!

Que não querem me vê!

Estou aqui, ao seu lado e vocês não me percebem!

Olhe para o lado, pelo menos uma vez!

O motociclista olhou para mim antes de cair!

Mas o arrependimento dele foi em vão!

Agora não adianta chorar, este aí morreu.

A boa notícia, é que logo deve chover. O céu está bastante nublado, e vai haver água suficiente para lavar o asfalto. E o mais legal é que o meu carro nem está arranhado.

Então sigo o meu caminho, enquanto vejo o motorista do ônibus culpado por toda esta tragédia.

Irônico...

Com a pontuação positiva, sigo para o hotel, para um lugar muito famoso aqui nesta cidade maravilhosamente nojenta.

Copacabana é Copacabana!

Uma praia bem conhecida e comentada por todo o mundo, e por isto irei ficar em um hotel por aqui!

Quem sabe a fama da praia, ajuda a atrair mais atenção, e atrair mais vítimas.

Chego ao hotel.

Parece bom!

Como sempre, as fotos da Internet são melhores!

Olho para a recepcionista, mulher mais ou menos, nem bonita nem feita, mas serve.

Ela me atende com um sorriso simpático, porém com uns dentes amarelos em seu sorriso.

Será que ela escova os dentes?

Com qual frequência?

Ela olha para mim, me cumprimenta e pergunta: O senhor tem reserva para hoje?

A minha vontade é simples: matá-la.

Ora se uma pessoa chega a um hotel, não teria reservas?

Mas como eu sou uma pessoa simpática, eu repondo que sim.

- Tenho reserva para sete dias! – Eu digo.

- A contar a data de hoje! – Eu digo.

Ela confere a reserva, e entrega a chave do quarto número 1400.

"Hum..." Eu penso.

Quarto 1400.

Eu subo para o meu quarto, abro a porta e vejo aquela decoração nada de mais e nada de menos.

Nem bom e nem ruim.

Somente o que todo quarto deve ter: uma cama, um armário, uma TV, um pequeno freezer e um banheiro.

Mudo de roupa e vou à praia.

"Calção, chinelo e camiseta." Eu penso

Vou dar uma caminhada, quem sabe eu consigo matar alguém.

A praia de Copacabana, como disse anteriormente é muito conhecida, portanto muito visitada tanto pelos locais, os brasileiros, e também por muitos estrangeiros.

"O tal de multiculturalismo chegou aqui." Eu penso.

"Que nojo." Eu penso.

"A tal da diversidade também." Eu penso.

"Que nojo." Eu penso.

Como tem muitas pessoas estranhas.

Gente bonita e gente feia.

Gente gorda e gente magra.

Muitas mulheres e também homens gays.

Talvez eu mate um deles.

Sabe como é?

Eu sou tradicional!

Meu pai foi um bom homem e minha mãe foi uma boa pessoa.

Tive boa educação em uma família tradicional!

Hoje a família sofre ataques do Marxismo Cultural!

Uma tentativa de um governo de origem Comunista de infiltrar no poder familiar.

"Que triste." Eu penso.

É por isto que odeio os Comunistas!

Adoro matá-los!

Mas de forma lenta!

Torturo comunista como se tivesse provando um bom vinho!

Um vinho Francês ou um Italiano?

Hum...

Devo admitir que às vezes ou revesso para descobrir qual vinho cai melhor!

Mas percebi que quanto mato Comunista aos finais de semana o vinho Francês é o melhor para apreciar o choro e o arrependimento da minha vítima.

Bom, ainda estou nesta praia mais ou menos, e que tal um banho?

Vou até a água, perto de um pequeno grupo de rapazes e moças.

Como são barulhentos, não param de falar!

Típico dos brasileiros, com este português evoluído de Portugal, que chamam de português brasileiro.

Uma forma mais informal da língua com mais erros de gramática em relação à língua original.

Eu entro na água.

E como estão distraídos com as ondas, eu pego um deles com uma chave por trás de seu pescoço e levo para o fundo.

"Hahahaaaa..."

"Vai morrer logo, nada mais." Eu penso.

Basta um bom apertão, e logo a menina com cara de feminista está inconsciente no fundo do mar!

Saio rápido da água, e sento na areia para apreciando a paisagem.

Eles nem perceberam que falta da amiga do grupo.

"Como são maus." Eu penso.

E depois falam de mim.

Dizem que são tão amigos uns dos outros, mas sequer perceberam que eu estava lá, matando.

Ainda estou sentado, vendo e olhando a possível reação do grupo e nada.

Simplesmente nada, passam alguns minutos e o grupo sai da água.

Passam por mim, hum...

"Que sensação maravilhosa." Eu penso.

Um dos amigos dela comenta que a Sammanta deve ter ido à barraca de praia mais próxima. E continuam caminhando para a calçada.

"Nossa..." Quanta consideração por uma pessoa.

Nem perceberam que ela já deve estar morta.

Agora o meu placar é dois.

E vai continuar a aumentar!

Simples como a matemática: é só matar e somar.

Às vezes fico indignado com a facilidade de fazer acontecer, às vezes fico com raiva de como as pessoas não percebem o perigo chegando. Se aproximando como uma sombra. Até que no momento final é tarde demais para tomar uma atitude.

Com um simples convite, com uma simples intenção e com um simples movimento, eu mato!

Até alguém descobrir o ocorrido, as pistas já estarão apagadas. Meu movimento terá sido perfeito.

E o crime terá sido perfeito

Certa vez, eu estava conversando com um amigo meu.

Sobre crimes.

E ele como um bom advogado disse: todo crime é perfeito!

Para que seja tipificado como crime ele deve ser cometido e, portanto, perfeito.

As pessoas leigas acham que crime perfeito é aquele que ninguém consegue descobrir o autor do ato.

Mas crimes perfeitos são todos aqueles que acontecem de fato.

Ainda estou na praia.

E agora levanto e vou caminhar de volta ao hotel.

Que tal um banho para tirar esta água salgada do meu corpo?

"Hum..." Aquela recepcionista de novo e com os seus dentes amarelos.

Talvez eu a mate no final do dia.

Mas ela é só uma recepcionista vivendo neste país miserável, nesta cidade nojenta e trabalhando neste hotel mais ou menos.

Seria muito comum, e o meu placar com mais um ponto irrelevante para minha coleção.

Vou tomar um banho e depois almoçar.

Saio novamente do hotel, agora com o intuito de matar a fome.

"Hahaha..." Eu penso.

Se parar para pensar; matar está em tudo que há de bom: matar a fome, matar a cede, matar à vontade, matar a curiosidade e matar a saudade.

Caramba!

E muito matar! – eu penso

É por isto que sou viciado!

Mas viciado em matar.

Mas agora, só quero matar a fome.

Os hábitos dos brasileiros são toscos!

Diferente da França que ao entrar o Maitre lhe recebe na porta do restaurante, no Brasil você adentra no restaurante, escolhe a sua própria mesa e faz sinal para o garçom.

Que nível baixo e sem classe estes brasileiros.

Ser recepcionado antes de entrar em um restaurante é o que há de respeito para o cliente.

Ter o cardápio apresentado antes de sentar à mesa e poder escolher o melhor prato para a ocasião.

Mas aqui é o Brasil, um país estranho, de um povo mais estranho ainda, que se diz alegre em tudo, mas muitos vivem em condições de pobreza!

Olhe aqueles meninos ali do outro lado!

São pobres, maus trapinhos e passam fome!

A miséria está em todo o lugar nesta Cidade.

Tenho pena deles e se eu tiver oportunidade posso matar um para ajudar.

Finalmente chega o garçom e pergunta o que eu desejo.

Indico o número do meu pedido que consta no cardápio.

Que tal um prato à brasileira?

"Uma feijoada." Eu penso.

"Hahahaha..." Eu penso.

Bem famosa aqui!

Oferecem isto para todos os estrangeiros.

Eles adoram!

Eu mais ou menos!

"Hum..." Eu penso.

Mas estava muito boa, esta porcaria.

Como todo o prato e bebo água mineral para acompanhar.

Claro, só bebo vinho em ocasiões especiais!

Além do fato de que aqui não é Paris!

"Ahhhhhhhhhh..." Paris, aquilo sim é uma cidade!

Bem planejada, feita para pedestre e não para carros como no Rio de Janeiro.

As calçadas em Paris são transitáveis, bonitas e não há pichações por toda a cidade como aqui!

Ela sim deveria ser chamada de maravilhosa e não está cidade.

Suja, nojenta e de povinho feio.

Eu adoro uma parisiense: são magras, belas e simpáticas!

As cariocas são chatas e exigentes!

As parisienses caminham como se estivessem em um desfile de moda e as brasileiras andam como um cavalo de carga!

Que pena Paris está sendo destruída pela invasão de pessoas do terceiro mundo.

O tal de multiculturalismo também já chegou lá!

E a diversidade transforma os parisienses em homens fracos e as mulheres em promiscuas!

Mas ainda dá para aproveitar um pouco!

Bom, terminei.

De almoçar é claro.

Eu ainda não terminei a matança. Ou você achou que eu estou cansado para a diversão?

Pergunto ao garçom o valor da conta e ele de forma demorada e lenta e de má vontade, traz a conta e pago em dinheiro vivo.

Não uso cartão de crédito, não uso celular e não sou rastreável!

Lembra?

Eu sou tradicional!

Já são 13 horas!

Estou alimentado, mas ainda faminto de morte.

Quanta ironia. Ainda só matei dois.

Vou dar mais uma volta.

Olhem quantos pobres na rua.

Espalhados pelas calçadas.

Isto é Brasil!

Isto é a cidade maravilhosa que aquele compositor brasileiro descreveu em sua música Garota de Copacabana.

Quanta ironia!

Mas quanto glamour!

O risco social é mais violento que todas as outras formas de violência!

A miséria que um governo corrupto causa a um povo é destruidora!

Os corruptos são perigosos. Talvez eu mate um deles.

Continuo minha caminhada, e vejo o que?

Policiais corruptos!

Cobrando propina para não multar um idiota que estacionou em local proibido.

"Hahahaha..."

Até os policiais?

E depois dizem que eu sou perigoso!

Homens que deveriam fazer valer a lei, com salários de passar fome, com péssimas condições de trabalho e falta de equipamento, acabam tornando criminosos que extorquem os fracos e os tolos.

Mas não acredito no que eu vejo.

Um assalto logo na minha frente.

A vítima grita!

Um marginal assalta usando uma faca e esfaqueia um rapaz no braço.

Tudo isto por causa de um celular?

A vítima agoniza e chora de desespero enquanto os marginais fogem, perseguidos pelos policiais corruptos que estavam próximo ao local.

Chego perto e pergunto: - Como está?

De voz tremula e assustada o rapaz pede ajuda, e eu como um bom samaritano dá atenção e peço para chamaram o socorro público.

Mas a demora só faz com que ele perca mais e mais sangue.

Um absurdo!

Uma pessoa ali na minha frente, inocente e indefesa. Com um corte profundo no braço em virtude de um simples assalto de menores de idade.

"E dizem que eu sou perigoso?" Eu penso.

Como esta cidade é perigosa!

Fico ao seu lado e depois de mais de trinta minutos chega o socorro.

Ele é posto na ambulância e acaba o espetáculo na rua e todos os curiosos vão embora!

Mas ainda fico ali, admirando aquela poça de sangue!

Bem vermelha e viva!

Aquele sangue que representa a vida e a morte!

Que pena não fui eu que a criei!

Foram dois marginais menores de idade.

Alguns chamam de crianças, mas eu chamo de "como eu".

Agir rápido, sem ser percebido, como uma sombra e se valendo de um bom ataque.

Não há vitima que consegue defender-se!

Os criminosos agiram bem!

Mas matar alguém por causa de um celular?

Como são baixos e desprezíveis!

Eu jamais faria isto!

Matar por um bem material insignificante.

Se fosse pelo menos por uma barra de ouro ou uma maleta de dinheiro.

Ai sim!

Seria um bom motivo!

Mas por causa de um celular?

Se puder eu irei matá-los!

Saio da cena e deixo o rastro de sangue sozinho na rua.

Sigo mais adiante, e lembro que estou no Rio de Janeiro e não em Paris!

A cidade maravilhosa, onde tudo é possível!

Crimes em todos os lugares!

Até as prostitutas se oferecem como gado a luz do dia!

Talvez eu mate uma!

Paro em uma banca de revistas.

E acho um livro interessante!

"Hahahahaha..." Eu penso.

Um livro de uma psiquiatra.

Um livro que diz descrever os psicopatas.

Como pode tal presunção?

Como pode tal ousadia?

Como podem descrever uma pessoa como eu, em um livro idiota?

Qual é a experiência que uma psiquiatra tem em relação ao meu comportamento?

Talvez eu deva mostrar a ela o que eu sou!

Talvez eu deva caçá-la!

Talvez eu olhe para ela com os meus olhos cheio de boas intenções!

"Hahahahaha..." Eu penso.

Finalmente!

Algo interessante a se fazer.

Caçar uma presa valiosa.

Caçar uma psiquiatra que descreve psicopatas.

Irônico, não é?

E mais irônico ainda é saber que haverá uma comemoração ao lançamento do livro aqui mesmo no Rio de Janeiro.

Hahahahaa.

Irei até ela para biografar o meu novo livro!

Leio o primeiro parágrafo: "os psicopatas são frios, sedutores, carinhosos e atenciosos".

Não me acho frio, me acho quente!

Não me acho sedutor, me acho sábio!

Não sou carinhoso, eu sou educado!

Não sou atencioso, eu sou animal!

No segundo parágrafo diz: "como identificar um psicopata".

"Puxa". Eu penso.

Este segundo parágrafo é tentador.

Ninguém me identificou até agora!

Portanto vejo que o que está escrito é uma bobagem!

Quero ver nos olhos dela, quando autografar o meu livro, se ela irá me identificar.

Quero saber se ela consegue perceber o perigo chegando, presente na fila de autógrafos.

Quero saber se ela vai descobrir a vontade de viver, quanto eu a estiver matando.

Ela vai sofrer!

Ela vai amar!

Ela vai ficar espantada quando estiver sendo morta pelas minhas mãos!

Ela vai chorar de raiva porque agora é à hora dela e o relógio vai parar aqui!

Que lixo de livro, tantos capítulos e algumas verdades.

Mentiras de quem deseja entender a minha mente.

Mentiras de quem deseja saber quem eu sou, mas sem me conhecer pessoalmente.

E só há uma forma de me revelar: é estando em minhas mãos!

E espero que esta psiquiatra, autora descubra logo quem eu sou!

Aliás, devo admitir que estou empolgado em ganhar uma consulta grátis.

Deixe me ver a data, o dia dos autógrafos.

Sexta-feira, perfeito, hoje é segunda!

Ainda tenho muita diversão até lá.

É hora de mais uma caminhada, por esta cidade nojenta.

Quem sabe eu descubro alguma coisa mais interessante por aqui.

Visto que o meu prazer só está aumentando, a minha frustração está acabando e o meu desejo de matar está mais apurado.

Sinto o cheiro de morte!

Vem de um churrasco ao ar livre!

Típico de país pobre como o Brasil.

Churrasco ao ar livre feito por pessoas que tentam ganhar a vida neste lugar maravilhoso e miserável.

Então compro um churrasco de carne empanado em farinha.

Devo admitir, é muito bom!

Não é higiênico é claro, mas o sabor é divino!

Não é saudável, mas eu estou no Brasil!

E se você está em um país novo, você tem que provar o que ele oferece a você!

Mesmo que seja coisa ruim!

Faz parte do meu ser.

Faz parte do meu desejo de conhecer.

O churrasqueiro fala de mais, como todos por aqui.

Não quero ouvi-lo!

Gostaria de matá-lo!

Mas tem tantas pessoas em volta.

Seria muito arriscado.

Seria pego!

Gosto de ser discreto com a minhas vítimas!

Gosto de ter um momento oportuno para que possamos nos conhecer melhor!

Gosto da emoção privada entre mim e a presa!

Aquele olhar de desespero me anima!

Aquele olhar de sofrimento me alimenta!

Aquele olhar de arrependimento do fim me excita!

Sou eu, Eu Psicopata te matando!

E agora é sua hora!

Estou aqui!

E você poderá me conhecer!

Mas, o seu arrependimento será nulo!

Sempre tem a última vez comigo!

E para aqueles que eu pego, não tem perdão!

A minha vontade é de matar!

E matador é o que eu sou!

E você é somente um ponto a ser alcançado no meu placar!

O placar do caçador.

Eu sou o melhor!

O mais mortal!

O mais letal!

O mais perigoso!

Eu sou EU PSICOPATA.

Estou logo atrás de você e você não me vê.

Cretino...!

Cinco reais por um churrasco?

Caro demais por uma porcaria destas!

Pago, e dou boa tarde ao churrasqueiro e continuo andando!

Vejo famílias com seus filhos!

Vejo crianças a brincar!

Vejo os jovens passeando e namorando!

Ninguém me nota!

Mas estou aqui ao lado!

Sou o perigo!

Homens com suas mulheres e suas crianças. - Acho isto lindo!

Uma família tradicional!

Isto que o mundo quer!

Não o outro lixo.

Homens devem ser homens.

Guerreiros que sustentam uma família.

Que protegem sua mulher e seus filhos.

Assim se formou a primeira nação: uma sociedade de homens com suas famílias.

Mas agora está na hora de voltar ao hotel.

À noite está chegando e é a noite que as coisas acontecem de mais interessante.

Volto ao hotel, e vejo que há uma movimentação de policiais na praia.

Lembro da garota feminista!

"Hahahahaa...!" Eu penso.

Qual o nome dela mesmo?

Hum.!

Não deu para perguntar.

Estávamos embaixo da água!

Eu a enforcando e ela morrendo!

Muito bom!

Levaram horas para perceber a falta dela!

Agora vão ficar na saudade mesmo!

Talvez achem o corpo depois de dois dias!

Os corpos acabam boiando!

Entro no hotel e finalmente aquela recepcionista de dentes amarelos não está lá.

Ao invés há um homem para me atender.

Informo o meu nome e o quarto, e ele me da a minha chave.

Como ele me atendeu muito bem e foi atencioso, fiquei com vontade de matá-lo!

4 - Vida noturna

Estou no Rio de Janeiro!

Aqui a vida noturna começa às vinte e três horas!

Muitas boates e mulheres vão a diversos lugares conhecerem homens como eu.

Bonitos, simpáticos, de bom caráter e claro: tradicional.

Mas como sou mal-educado!

Já matei dois e vocês ainda nem sabem o meu nome!

E porque eu deveria dizer?

Enquanto me arrumo para mais uma caçada, basta você saber que eu sou um homem, heterossexual de família tradicional e de boa aparência. Descendente de Europeus!

Sim, meus olhos são verdes.

Este sou eu!

As mulheres adoram olhos verdes!

Verde é a cor do sinal de trânsito que indica que o caminho está livre.

E é cor que minhas vítimas veem quando olham nos meus olhos e estão morrendo!

O caminho está livre e são os meus olhos que irão engolir a sua alma, o seu desespero e a sua dor quando!

Verdes são as florestas e as matas nativas.

A cor que a natureza escolheu para mostrar o que é primitivo.

E primitivo é o meu instinto de matar!

Selvagem é o meu desejo!

E como uma mata virgem, eu demonstro a dificuldade de me descobrir, de me entender e me decifrar.

Eu sou EU PISICOPATA!

Eu sou aquele que chega e mata!

Já olhou para o lado hoje?

Já olhou para a sua frente?

Já olhou para trás?

Pois eu estarei ai, para matar você!

"Finalmente estou pronto." eu penso.

Pronto para matar!

Desço a recepção mais uma vez.

Entrego a chave ao recepcionista chato, atencioso e simpático.

Ahhhhhhhhhh...!

Quero matá-lo!

Saio do hotel, e desta vez pego um táxi.

Claro, adoro matar taxistas!

São gordos, nojentos e falam e falam sem parar!

Todos os brasileiros são falantes, mas todos os taxistas também o são!

São carentes, exercem um trabalho solitário e mal remunerado!

São sonhadores de que um dia, um dia iram sair desta condição deplorável!

Pego um táxi em frente ao hotel.

Não posso matá-lo!

Seria pego!

Eu peguei um táxi em frente ao hotel, um taxista que faz ponto aqui.

Seria pego!

Uma pena!

Eu não ajo por impulso!

Eu penso e projeto as consequências para frente!

Não quero que meu jogo acabe!

Por um simples taxista? NÃO.

Quero ficar jogando!

Fazendo pontos!

Aumentando o meu placar!

Aqui já matei dois!

Não posso abrir a guarda.

Seria pego!

Determino ao taxista, isto mesmo eu determino, pois sou um cliente exigente.

Determino que me leve à boate LUX.

Um bom nome que representa o radical da palavra LUXURIA.

Um pecado capital.

Que lindo!

Talvez eu seja o salvador!

Talvez eu me divirta lá!

Talvez eu mate mais uma vez!

Talvez eu finalmente beba um vinho!

Hum. - Existem bons vinhos no Brasil?

Aqui se produz vinhos?

Ou somente soja e minério de ferro para exportação?

Finalmente cheguei a boate LUX!

Não prestei atenção nas palavras nojentas que saiam da boca do taxista!

Somente queria elaborar o meu próximo objetivo: matar.

Chego à porta do pecado capital: LUX.

Aqui eu vou matar!

Os seguranças me revistam.

Como se eu precisasse de armas para matar alguém.

Entro na boate, a decoração é refinada e cara.

Devo admitir, tem bom gosto, uma decoração moderna e não fica longe de outras boates que já estive matando.

Eu observo o layout com atenção!

Não estou aqui para dançar, eu estou aqui para matar!

Saídas de emergência, alarmes e números e posição dos seguranças.

Tudo em vão!

Agora vocês estão aqui comigo e alguém tem que morrer!

Vocês ousaram em estar no mesmo lugar que eu!

E agora eu tenho que matar!

Não posso perder a oportunidade!

Mas à noite ainda está começando.

Então vou ao balcão e peço uma taça de vinho Francês é claro.

Não ouso em beber porcaria brasileira!

Vinho seco, por favor!

Peço ao barman.

Sou até educado, e me sinto um verdadeiro lorde inglês quando falo, por favor, a algum ninguém!

Desprezo a todos!

Desprezo seus modos de pensar, de agir e de andar!

Desprezo suas falas e como se apresentam a mim antes de morrerem!

Boa música toca no ambiente!

Isto me excita cada vez mais!

A boate está cheia de pessoas e potenciais presas!

E eu sou o predador!

Lembro que há algumas horas matei uma mulher feminista e eu não posso ser preconceituoso.

Preconceito é crime neste país!

Então irei matar um homem!

Homem como eu!

Curtindo a taça de vinho vou até um canto mais reservado e quando passa a minha presa eu ataco.

Eu quebro a taça vazia na parede e obtenho uma lâmina de vidro, e atinjo o pescoço do rapaz que estava a caminho do banheiro.

Hahahaha...

Ninguém percebe!

E ele sangra no banheiro até cair.

Que lindo!

Mais um.

Volto a meu lugar sem a taça!

Irão me pegar?

Irão me descobrir?

E as minhas digitais?

Não, eu não tenho digital!

Todos os dias eu lixo as pontas dos meus dedos para destruir as minhas digitais.

Já é um habito saudável.

Faz parte da minha rotina.

Então começo uma briga com uma mulher mais ou menos!

E a boate fica agitada.

Discuto com ela de forma calorosa e sou posto para fora pelos seguranças mal-educados.

Ninguém percebe o rapaz morto até agora.

Fora da boate, já saio em outro táxi de volta para o hotel.

Mas salto três quarteirões antes e vou andando.

Não quero ser rastreado!

Ando por esta cidade nojenta a caminho do hotel para desfrutar de uma noite de descanso.

Estou aqui somente para matar!

Não quero diversão.

Mas quem vem em minha direção?

Hahahahha...

Aqueles marginais menores de idades que assaltaram e esfaquearam aquele pobre rapaz.

Não posso perder a oportunidade de matá-los!

Eles se aproximam de mim, e antes de pronunciarem a palavra assalto, eu ataco!

Com um golpe fatal no pescoço do mais próximo, ele cai no chão batendo a cabeça violentamente no concreto da calçada imunda.

O outro se arma de uma faca, mas o atinjo com um golpe certeiro na virilha.

Quando ela vacila, consigo tomar a faca de sua mão fraca e enfio em seu coração em um movimento de baixo para cima.

Pronto, mais duas mortes hoje à noite!

Sou bom no que faço: matar!

Estes criminosos comuns me dão nojo.

Andam por aí como se fossem caçadores.

Mas não são nada!

São idiotas violentos que desejam sofrer violências de suas vítimas.

Cometem crime por nada, ou por um bem material muitas vezes insignificante.

O que eles acharam?

5 - Favelas

Estou no Rio de Janeiro, e que tal um passeio por uma favela?

Que tal conhecer a humilhação de perto?

A pobreza e tudo que fede a lixo vivem neste lugar que os brasileiros chamam de favela.!

Então será esta a minha decisão: irei matar alguém na favela!

Hoje é o meu segundo dia aqui, neste país lixo!

Nesta cidade imunda que eles chamam de maravilhosa!

Este é o segundo dia de caçada!

Após um bom café de manhã, preciso de energias para matar, desço a recepção e solicito informações sobre passeios em locais chamados favelas.

O recepcionista indica um passeio pela favela da Rocinha, fornecido por um guia da região.

Então ligo para o guia e aguardo seu carro cheio de turistas curiosos em conhecer a pobreza de perto.

Quando o carro chega me apresento ao guia, pago o valor e entro no veículo cheio de turistas idiotas cheirando a talco.

São tolos!

São imbecis!

Nunca irão conhecer a pobreza material, mas já são pobres de espírito!

Odeio turistas!

Muitos trabalham o ano inteiro para acumular dinheiro para a viagem dos seus sonhos.

E muitos estão aqui no Rio de Janeiro para conhecer uma favela brasileira!

Que nojento!

Deveria matar a todos!

Mas seria pego!

Algumas pessoas me viram entrar neste veículo que parece um de safári.

Irônico!

Estou indo caçar, em um carro de safári cheio de turistas cheirando a talco!

E finalmente, depois de passear por esta cidade das mortes, da pobreza e dos crimes chego à favela da Rocinha.

A Rocinha é grande, pobre e como cabem tantas pessoas em um único lugar?

Desembarcamos do carro, e o guia começa a falar sobre a favela que é considerada a maior favela do mundo.

Não gosto muito de matar pobre, porque eles já estão mortos para este sistema social corrupto e falidos.

O crime impera neste lugar!

O tráfico de drogas e estupros são as armas da dominação dos criminosos que controlam este submundo.

E a polícia?

Sim, aqui tem muitos policiais que fingem que trabalham para solucionar um problema sem solução.

A miséria é o maior mau de todos, enfraquece a alma e o corpo!

Deturpa a mente e faz suas vítimas sofrerem!

Parece algo que proporciono a minhas vítimas: dor!

Eu tenho muitos concorrentes neste mundo: fome, miséria, doenças e pobrezas.

Mas somente eu posso dar o que todos os outros não dão: o arrependimento.

Isto mesmo!

Os meus alvos se arrependem quando me conhecem melhor.

Mas é tarde demais, o caminho que ofereço é sem volta: a morte!

Mas eu devo me concentrar, estou na favela, e estou aqui para matar.

Estou sendo apresentado a aquelas ruas nojentas, pequenas, sujas e cheio de casas malfeitas e simples.

Percebo que há um pequeno grupo de clientes meus: traficantes de drogas.

Afasto-me do meu grupo de turistas de forma sutil e abro uma conversa com um dos rapazes.

Eu solicito uma droga!

O mesmo adentra para um beco próximo junto a seus dois amigos para vender a substância ilegal e são esfaqueados por mim, em um prazer repentino de conquista e emoção por matar.

Estes criminosos são uns imundos, lixos e comuns.

Não perceberam que eu estou aqui?

Não perceberam que eu vim para caçá-los?

Imbecis!

Vítimas fáceis!

Bastou somente um desejo meu, para atrair estes três para um local mais isolado e matá-los.

Eles ficaram com olhares surpresos quando eu estava esfaqueando seus corpos criminosos.

Traficantes lixos.

Agora irão descansar em paz!

A paz é o que eu sempre forneço depois de matar!

Morram cretinos!

Como estou excitado.

Que tal matar mais?

Uma favela tem milhares de indivíduos inúteis, acredito que ninguém vai notar a falta de três vagabundos.

Acredito até que livrei a sociedade destes bandidos.

Então eu fiz o bem?

Sim!

Fiz o bem somente para mim!

Eu matei e agora volto ao meu grupo de forma sorrateira.

Ninguém sentiu a minha falta!

O guia ainda, fala e fala.

Como falam os brasileiros!

Só sabem falar e falar!

Como não cansam?

Como eles conseguem falar besteiras o tempo todo?

A favela é isto, a favela tem aquilo diz ele.

Grande coisa!

Agora vai querer transformar um deposito de humanos miseráveis em algo espetacular?

Favela não é típico do Brasil!

Também existem em outros lugares!

Diria que em todos os países da América do Sul tem este grande problema.

Continente lixo!

Pessoas idiotas e imundas.

Mas é um bom lugar para caçar.

Às vezes me divirto matando por aqui.

Ainda mais no Brasil onde tudo é corrupto, onde todos estão disponíveis para morrer.

Que passeio chato!

Só há pobrezas para ver e gente feia!

Um mais feio que o outro.

Que tristeza!

De onde vem estas pessoas, e porque muitas delas têm tantos filhos?

Como pode a pobreza imunda produzir mais filhos?

Reprodução em massa para superar as dificuldades?

Falta de planejamento familiar?

Não!

Todos são culpados pelas condições que vivem!

São culpados pela própria miséria que sofrem!

Acabou!

Acabou o passeio por este lugar imundo!

Hora de voltar ao hotel, e procurar um lugar descente para almoçar.

Um almoço à brasileira?

Não!

"Chega de nojo brasileiro" Eu penso.

Que tal uma comida francesa?

Que tal uma comida italiana?

Fico com a italiana.

6 - Comida italiana

Massas, macarrão e lasanha.

Hum ...!

"Tenho dúvida." Eu penso.

Já estou em um restaurante Italiano em Ipanema!

Ipanema é outra praia menos famosa que a praia de Copacabana, mas é um lugar agradável de estar.

Aqui desfila mulheres muito mais bonitas do que as mulheres das favelas.

Muitas famílias passeiam com os seus filhos no calçadão da praia.

Um lugar agradável de matar, ouvindo o som das ondas quebrando na areia.

Mas o meu objetivo agora é comer.

Matar fica para depois do almoço.

E que tal uma lasanha?

Chamo o garçom e peço lasanha, e uma taça de vinho italiano, claro!

Após 20 minutos ele volta com o prato e logo serve o vinho.

Um bom apetite, ele disse a mim.

Um bom apetite?

Hahahahah...!

Já estou com vontade de matá-lo!

Mas o restaurante está cheio!

Seria pego!

Seria descoberto como um assassino banal!

Não quero isto para mim!

Mas ele me ofendeu!

"Não vai escapar." Eu penso.

Tenho que matá-lo!

Como alguém ousa a me desafiar?

Como um simples garçom, dirige a palavra a mim e diz: bom apetite!

Como alguém tão insignificante, um servo de comida, um ser desprezível emite a sua voz inútil a minha pessoa.

Hoje ele morre!

Aprecio a comida enquanto planejo a execução de mais um crime.

Só mais um!

Ninguém irá precisar de um garçom mesmo!

Têm muitos por ai!

Aliás o atendimento dele foi péssimo!

Que tal matá-lo enforcado com um fio?

Que tal matá-lo esfaqueado?

Eu adoro facas.

São silenciosas, e fazem o serviço bem feito de várias formas.

Basta saber usar!

São leves e fáceis de transportar e de esconder junto ao meu corpo!

Gosto de usar uma faca muito especial para mim!

Uma faca pequena e preta, militarizada com cabo de borrada para evitar que escape da minha mão.

Gosto de esfaquear o peito para atingir o coração!

Basta o angulo certo e a morte vem rápida e certeira.

Armas de fogo também é uma opção!

Mas são barulhentas, e às vezes pesadas e difíceis de transportar.

São boas quando eu desejo matar facilmente mais de duas pessoas!

Mas deixam vestígios!

Deixam rastros que a melhor polícia cientifica pode visualizar!

Facas são melhores!

Elas impõem medo às vítimas!

Impõem dor significativa que chegam até os ossos!

Dá impacto ao atingir o órgão fatal!

E todos têm medo de facas quando estão sendo esfaqueados!

"Irônico"! Eu penso.

Vou ao banheiro, e percebo que há uma entrada repugnante pelo fundo do restaurante.

Ninguém me veria entrando por lá!

Dá acesso ao corredor que os garçons passam para levar os pratos da cozinha a mesas.

Então vai ser assim: eu entro, espero e mato.

Irei cortar o pescoço do garçom!

Volto à mesa, chamo infeliz e peço a conta.

Pago com prazer, e digo a ele que um dia voltarei!

Saio do restaurante e dou a volta pelo quarteirão para ter acesso à entrada dos fundos.

A porta estava somente encostada.

Para mim um convite para agir!

Entro e espero.

Mas vejo o garçom maldito sair pela frente do restaurante.

"Que decepção." Eu penso.

Ele pensa que vai escapar assim de mim tão facilmente?

Saio pelo fundo, e o vejo atravessando a rua e o sigo.

"Vai ter que ser hoje." Eu penso.

Agora eu quero matá-lo!

Estou muito animado em segui-lo!

Por que ele saiu há esta hora?

Alcanço o desgraçado!

Ele entra no ônibus e eu entro atrás!

Não me percebe e nem sabe que logo vai morrer!

Pois mato como bebo um bom vivo!

Sou paciente!

Posso esperar!

Estou curioso para saber aonde ele vai!

Até que o transporte público para em frente a um hospital.

Seria uma visita a um ente familiar?

Ele desce do ônibus e eu também!

Ele entra no hospital, e eu espero!

Então entro alguns minutos depois!

O descrevo ao recepcionista que o meu irmão acabara de entrar faz alguns minutos!

E ele diz que a minha mãe está no quarto 402.

"Achou que eu era mesmo irmão deste idiota." Eu penso.

Quanta segurança tem aqui?

"Irônico." Eu penso.

Eu estou em um Hospital!

Onde as doenças e as enfermidades fazem mais vítimas do que eu!

Aqui a competição é terrível!

Muitos pacientes em busca da cura.

E desejando mais uma oportunidade na vida.

Espero pacientemente no salão o garçom sair daquele quarto.

Terei que ser rápido!

Após meia hora de espera e paciência, ele sai e caminha no sentido da saída do hospital.

Neste momento eu entro no quarto, e me deparo com uma mulher sofrível!

Ela tem câncer terminal!

O seu tratamento é agressivo, porém será em vão!

Ela está consciente e olha para mim como se me reconhecesse!

Será que ela sabe quem eu sou?

Será que ela sabe o porquê de eu estar ali?

Então ela fixa o olhar em meus olhos e pede para matá-la.

Não perco o meu tempo, e de forma violenta começo a estrangular o seu pescoço e ela morre!

"Acabei de fazer uma caridade." Eu penso.

Mas ainda não acabei!

O meu alvo está somente algum minuto de distância!

Saio do hospital de forma ágil!

Não sou percebido por pessoas que estão neste lugar de uma quase-morte!

Mais adiante do outro lado da rua, vejo o garçom no ponto de ônibus, pronto para voltar ao trabalho depois de uma visita a sua mãe.

Sigo na mesma direção!

Ao aproximar do idiota, reparo em sua tristeza expressa em sua face tola!

"Deve estar triste pela condição da mãe." Eu penso de forma sarcástica.

O ponto tem mais algumas pessoas, então matá-lo aqui me colocaria em risco!

Não quero ser pego!

O ônibus chega e também entro!

Ele caminha para o fundo e senta na última cadeira e eu ao seu lado.

Quando ele vira o rosto em minha direção eu o golpeio com um soco violento em sua face.

E depois o esforço com um sentimento de pena daquela pobre alma.

"Agora estou completo, me sinto satisfeito" Eu penso.

Ele ao meu lado morto, sentado em sua cadeira como se estivesse vivo.

E eu aproveitando a paisagem desta cidade nojenta.

Finalmente dou o sinal de parada e o ônibus para em meu destino.

Desço normalmente e mais uma vez ninguém me percebe!

Ninguém me vê!

Ninguém se importa com mais uma morte!

7 - Câmara Municipal

Se você prestou atenção nos detalhes, hoje é o meu terceiro dia aqui nesta cidade lixo!

E resolvo fazer um passeio pelo centro do Rio de Janeiro.

O centro da cidade possui prédios antigos e novos!

O moderno junto ao colonial!

Devo admitir: uma aparência atraente!

O velho e o novo, ambos com suas peculiaridades.

Mas a arquitetura antiga lembra muito a arquitetura de alguns prédios de Paris.

Então chego ao meu destino da minha visita: a Câmara Municipal da cidade do Rio de Janeiro.

Se você não sabe, a Câmara Municipal constitui o poder legislativo dessa cidade! Sua sede tem como prédio principal o Palácio Pedro Ernesto. E fica próximo a Biblioteca Nacional, Teatro Municipal, Museu Nacional de Belas Artes e Centro Cultural da Justiça Federal.

Mas o meu motivo aqui neste lugar, que diz fazer as leis, é matar alguém que faz as leis!

Está acontecendo neste momento à apresentação de um projeto de lei sobre a cobrança de multa para quem joga lixo no chão!

Ou seja, tentam fazer leis para que as pessoas não se comportem como porcos imundos a poluir sua própria moradia.

"Mais uma lei idiota de uma cidade nojenta." Eu penso com um sorriso no rosto.

E lá está ele, meu alvo, meu desejo.

Aquele que eu vou matar!

Ele está sentado em sua cadeira de forma apática sobre o que ocorre na câmera!

Não presta atenção em nada!

Não se importa com nada!

Finge que está ali para representar os cidadãos de sua cidade, mas não passa de mais um parasita a se alimentar continuamente dos problemas sociais que eles também fazem questão de criar.

Sempre fiquei admirado como estes homens, podem ser escolhidos para representar a sociedade.

Como eles podem ser eleitos pela população?

Parecem que as pessoas querem alguém como elas: parasitas!

Então não fica difícil decifrar que toda a sociedade é nojenta, desprezível e digna de morte.

E se é morte que vocês querem então não haverá hesitação por minha parte em conceder o que ofereço de melhor: a morte.

Olho com atenção, e vejo vários tolos ao meu lado!

Gritos e xingamento ocorrem neste lugar!

"Como são maus educados." Eu penso.

Como pode a decisão de uma lei idiota usar tanto esforço e tantos homens para aprová-la ou reprová-la?

Tudo depende de o parlamentar ter corrompido seus amigos da casa a votar a favor de seu projeto de lei!

Mas espero de forma paciente a oportunidade certa de agir.

"Não quero ser pego!" Eu penso.

Quando vai acabar este circo?

A que horas eles conseguem entrar em um acordo para aprovar esta lei idiota?

Eu aguardo, aguardo e mais uma vez aguardo!

"Como é cansativo." Eu penso.

Fingem que trabalham em favor do bem comum.

"Como é exaustivo." Eu penso.

Eles falam sem parar!

Fico com vontade de matá-los!

Fico com vontade de cortar o pescoço de cada um deles!

Mas eu espero!

Matar um deles aqui seria fácil para mim!

Mas seria pego!

Então continuo esperando até que um milagre acontece: a sessão encerrou, e a lei estúpida foi aprovada por unanimidade!

Hahahahah...!

Então a caçada vai começar!

Basta seguir este político até o local mais adequado para executá-lo!

Ele caminha até a saída e entra em seu carro funcional com o seu motorista particular!

Tenho que pegar um táxi o mais rápido possível para segui o meu alvo!

Esta alma logo irá ser livre quando eu tocar o seu corpo imundo e corrupto!

Consigo minha carona em um táxi mais ou menos!

Carro velho como muitos carros aqui nesta cidade!

E determino ao taxista para seguir o carro que lhe aponto!

O taxista fica admirado, como se eu estivesse em uma perseguição. Mas digo que faço parta da equipe do parlamentar.

"Todos os taxistas são serem bizarros." Eu penso.

 Trabalham sentados, ganham mal e possuem uma vida idiota!

Terei que matá-lo também!

"Não posso ser pego." Eu penso.

Acompanhamos o carro do parlamentar, e estamos bem próximos.

Com este trânsito ruim não é difícil seguir alguém!

Nem de carro e também nem a pé, visto que as calçadas também são intransitáveis e sujas.

Parece que tudo aqui, nesta cidade, é feito para atrapalhar o deslocamento!

A pé você sente o grau de dificuldade de caminhar!

Há barracas que vendem jornais que ocupam quase a metade do espaço disponível!

Há postes de luz, além de buracos em todos os lugares!

Após algum tempo seguindo o carro oficial do deputado e ouvindo as lamentações do taxista, o parlamentar para em frente a um lugar que proporciona luxo e prazer carnal!

Sim!

Ele para em frente a um prostíbulo!

Local onde homens procuram à mercadoria mais vendida em todos os tempos: os corpos de mulheres.

Sexo pago sempre ocorreu na história da humanidade!

Nestes lugares também ocorrem muitas coisas além de sexo!

Como negócio entre comerciantes, troca de informações e planejamento de campanha política.

Ele sai do carro e cumprimenta três amigos que já o aguardavam na entrada do estabelecimento.

Eu pago o taxista e combino com ele para me aguardar.

Prometo que pagarei bem a corrida.

O taxista fica animado ao fecharmos o valor em dinheiro que receberia para ficar a minha disposição por uma hora.

Eu entro na casa da perdição e dos negócios!

Devo admitir: o local é refinado e caro.

As mulheres são bonitas e sempre simpáticas.

"Um local de luxo e prazer." Eu penso.

"Adoro isto." Eu penso.

Estou em um lugar de puro luxo: o pecado capital!

"Isto me atrai muito." Eu penso.

Aqui todos são pecadores!

Há aqueles que pagam pelo prazer e aqueles que vendem sua dignidade por um monte de dinheiro sujo!

"Um local ideal para matar." Eu penso.

Ando entre eles como um cliente em busca da mercadoria ideal. E a minha mercadoria está logo ali.

"Matá-lo nesta multidão seria maravilhoso." Eu penso.

As pessoas entram em pânico quando algo tão natural ocorre em frente a elas!

"Hipócritas." Eu penso.

Todos nascem e todos morrem!

"Se não querem morrem, então não nasçam." Eu penso.

Não sabem que a morte faz parte dos seres mortais?

A velhice e as doenças matam milhares de pessoas todos os dias: as famosas mortes naturais.

Quando eu mato e demostro a minha obra, as pessoas que vêem os corpos da minha criação, ficam com medo e entram pânico.

"E está na hora de mostrar o terror." Eu penso.

Está na hora de gerar o medo absoluto correndo nas veias de todas estas pessoas que estão neste lugar corrompido pela mentira, traição e desejo!

Irei matar a todos!

Ateio fogo nas cortinas que cobrem toda a parede!

O fogo corre por elas de forma espetacular!

As chamas ardem em uma mudança de cor amarela para laranja.

"Como é bonito." Eu penso.

Caminho rapidamente para a saída, e consigo bloquear a porta por fora!

Todos ficam presos naquele lugar!

A fumaça e o fogo tomam conta do lugar!

Ouço gritos de desespero, gritos de socorro e choros de homens e mulheres!

Desta vez a minha ação vai chamar bastante à atenção da mídia desta cidade maravilhosa!

Gosto de agir, caçar e matar nesta cidade corrupta pela sua própria existência!

Não irei poupar ninguém que atravesse o meu caminho!

Não irei poupar aquele que eu quero matar!

Saio para rua como uma pessoa em fuga normal!

Encontro o taxista observando perplexo a fumaça escapando do prédio.

A rua começa a ficar cheia de curiosos e quando o taxista olha de forma surpresa para a cena que eu criei, enfio a minha faca em seu coração e o empurro de volta para o seu carro.

O idiota morre ali no mesmo lugar que me esperava!

"O imbecil ficou me aguardando voltar para matá-lo." Eu penso.

Basta somente o "dizer", uma frase ou uma solicitação para convencer alguém a esperar para morrer!

Saio de cena, e volto para o hotel para ver as notícias na televisão!

Tenho a certeza que a mídia vai dar ampla divulgação a esta tragédia!

Dezenas morreram!

Que lindo!

Ver a cena dos bombeiros combatendo o incêndio e retirando os corpos em sacos plásticos não tem preço!

Imagino a fumaça penetrando em seus pulmões!

Imagino a respiração ofegante em busca de um ar puro!

Imagino o fogo queimando a carne daqueles impuros e os tornando em algo próximo a carvão!

Que lindo!

Uma cena maravilhosa que me dá mais admiração pelo fogo.

Realmente a descoberta do fogo foi incrível para a humanidade. Facilitou que os homens primitivos pudessem se aquecer. Caçar animais e preparar melhor os alimentos.

Da mesma forma que o fogo fornece coisas boas, ele também fornece a destruição!

Como as queimadas de florestas inteiras que eliminam a fauna e a flora com um golpe sem perdão.

A mídia dá ampla cobertura ao acidente!

Dezenas morreram!

Em vários canais correm a mesma notícia: incêndio em boate mata dezenas.

"Bestas humanas" Eu penso.

O incêndio foi em um prostíbulo que promove a perdição!

Assim deveriam chamar o acontecimento!

Mas a sociedade é corrupta, e tenta disfarçar a verdadeira orgia que ocorria naquele lugar!

A sociedade não se importa que vários membros ilustres frequentem o pecado carnal e o consumiam em prol do seu prazer!

E é por isto que matar a todos é a melhor solução!

É o que eu desejo continuamente!

8 - O tatuador

"Está na hora de me movimentar." Eu penso.

"Chega deste hotel mais ou menos." Eu penso.

Estou disposto a ir a um lugar mais sofisticado.

Adoro arquitetura contemporânea, mas desta vez vou escolher uma mais moderna!

Saio do hotel em Copacabana e me digiro a um hotel que fica no centro da cidade do Rio de Janeiro!

Onde mendigos e vagabundo vivem junto aos trabalhadores e estudantes.

O centro do Rio de Janeiro concentra um grande número de assaltos a pedestres.

E as pessoas que sacam dinheiro nos bancos são suas principais vítimas.

"Assaltantes comuns me dão nojo." Eu penso.

Matam somente por dinheiro!

Eu mato por algo muito mais nobre: o poder de conseguir fazer acontecer.

"Sim." Eu penso.

"Se eu poço então eu faço" Eu penso.

E demonstro como matar às minhas vítimas no momento oportuno.

Mas após descobrir o meu talento você deve morrer!

Hum!

"Chega a ser irônico." Eu penso.

Minhas vítimas, meus alvos e minhas presas.

Todos se assustam quando descobrem que agora é o final para elas!

Arrependimento, compaixão, esperança, dúvida e todos os sentimentos em um único momento: a morte.

"Isto me anima cada vez mais" Eu penso.

"Sou movido a isto." Eu penso.

Presto atenção a todos os detalhes enquanto morrem!

Quero ver tudo que tenho direito, sentir o momento e curtir o sucesso!

Não tem como parar!

Mas não sou como um viciado!

Eu tenho o controle!

Eu sou um caçador, que anda de forma silenciosa sem levantar suspeita às minhas presas!

Caço com os meus olhos bem vigilantes, ardentes de desejo de matar e de aumentar o meu placar!

Fazer o ponto, superar meus próprios movimentos e elaborar a próxima jogada.

"Hoje sou um mestre." Eu penso.

Olho para aquele que deseja ser visto!

Olho para aquele que deseja ser notado!

Olho para aquele que deseja ser morto!

Eu faço a escolha, mas são as presas que se apresentam!

Eu sigo o seu caminho, mas é você que me encontra!

Eu estou ao seu lado, mas é você que não me vê!

E quando eu te pego, por que choras?

Sabiam que eu estaria ali para lhe conceder o seu desejo de morrer!

E está na hora de caçar mais uma vez!

De fazer mais uma vez o que eu faço de melhor!

Irei atrás de um homem!

Ele é um pintor!

Ele marca e desenha imagens na pele de outros homens!

Aquele que é pago para pincelar as ideias de seus clientes em seus corpos sujos e fedorentos.

Aquele que chamam de artista de pele!

Aquele que chamam de pintor de arte e realizador de desejos mundanos!

"Hoje eu irei matar um tatuador." Eu penso.

E por que matar um tatuador?

Isto eu irei revelar em breve!

Então preste atenção em como eu faço um trabalho maravilhoso no corpo de um artista de pele.

Ele deve sofrer e sua morte será lenta, porém artística!

Ele deve sentir o prazer do mesmo sofrimento que perpetuou em suas vítimas!

Conheço bem o seu endereço, conheço bem o seu deslocamento pela cidade e irei de forma sutil até ele!

Já hospedado no novo hotel, eu saio na manhã após um café comum: pão com manteiga, leite com chocolate, algumas frutas e um café.

Quem não gosta de leite com chocolate?

"Eu adoro." Eu penso.

Então é agora, sem mais delongas.

A parte da manhã me anima cada vez mais!

Do hotel caminho ao estúdio do tatuador!

E ele já está lá esperando o próximo cliente.

Mas ele é que será o meu cliente hoje!

Entro em seu estúdio e sou atendido por uma recepcionista.

Ela me apresenta o artista de pele, e pergunta qual o meu desejo mundano.

Eu simplesmente digo que venho aqui em busca de uma imagem que retrata a busca da morte e o desejo de morrer que as presas possuem.

O tatuador fica espantado com a minha solicitação!

Então ele sugere uma figura de um leão atacando um animal indefeso em um campo aberto.

Eu recuso sua oferta.

Ele sugere um tubarão atacando surfistas desavisados em cima de suas pranchas.

Eu recuso mais uma vez.

Então ele faz uma sugestão que admiro: uma imagem sobre um assassino matando pessoas desavisadas.

Então imediatamente eu atinjo o tatuador com sucessivos socos no rosto e o mesmo vem ao chão de forma violenta, porém vivo para minha satisfação.

A recepcionista fica em pânico, mas eu não preciso dela!

E enfio uma faca no seu pescoço de tal forma que a mesma fica atônica com a rapidez do meu movimento certeiro.

Ela cai ao chão com os olhos aberto em minha direção.

Dou um belo sorriso e digo que ela tem todo o direito de olhar.

Vou até a porta e a tranco, e mudo a placa para fechado.

Amarro o tatuador com as costas nuas viradas para cima, e começo a remover sua pele por completo.

De forma cirúrgica eu removo toda a pele de trás daquele indivíduo.

Esta é a minha obra: metade homem com pele e outra metade sem pele.

Uma imagem muito bonita em se vê ao vivo, eu garanto!

Mas este crime tem que ser exposto, está na hora de mostrar o meu poder para esta cidade cretina que eu tanto odeio!

Imediatamente eu corto o seu pescoço e ele vem a morrer de forma brutal.

Saio do estúdio satisfeito pelas duas mortes que realizei e deixo a porta aberta, para o próximo cliente.

Fico de longe observando a entrada de alguém.

Em fim chega uma moça que entra no estúdio, e sai em pânico chorando.

"Ela provavelmente admirou o meu trabalho." Eu penso.

"Até chorou de emoção." Eu penso.

Suas lagrimas são reais, seu medo é espontâneo e sua surpresa é admirável!

"Deve ser a melhor obra de arte que ela já viu em alguém." Eu penso.

Músculos expostos, metade homem comum e metade homem interior.

Esta obra de arte me fascinou também!

Sempre é bom lembrar que somos todos assim!

Que debaixo de nossas peles somos todos iguais: apenas músculos vermelhos.

Logo ela chama a polícia e eu fico apenas admirando o espetáculo.

Chegam dezenas de policiais em suas viaturas velhas e mal equipadas.

A polícia criminal chega logo depois. Como não possuem equipamento de ponta para a perícia terão dificuldades em entender o fato.

Além do mais já tinha observado que não havia equipamentos de filmagens internas e nem nas proximidades.

Vejo que os noticiários deram ampla cobertura ao este novo ataque!

Jornais já estão especulando a presença de um matador serial na região!

E começam a fazer alguma ligação às demais vitimam mortas a facas!

"Adoro facas." Eu penso.

São silenciosas e precisas!

Com o golpe certeiro dá para fazer inveja até mesmo a um ferimento por tiro de uma boa arma!

São baratas, fáceis de comprar e de descartar!

Não precisam de registro e nem documentos!

E fazem o trabalho bem feito e limpo!

Mas o importante agora é que a cidade está em desconforto.

Estão divulgando a presença de um matador serial!

Mas eu não sou um matador serial!

Eu sou um caçador!

Eu sou: EU PSICOPATA!

9 - O policial

Eu compro o jornal local pela manhã!

E as notícias são interessantes: um delegado especial com muita experiência foi designado para o caso e monta uma equipe exemplar para a tarefa de descobrir o culpado.

Bom!

Eu sempre achei que o culpado pelos meus atos não fosse eu; e sim as minhas vítimas que me conduziram até elas!

Mas as leis não pensam assim!

Mesmo que o convite chegue até a mim, e eu mato, serei considerado um criminoso violento e perigoso!

Criminoso violento e perigoso para mim é aquele que mata sem distinção, sem classe e por motivo fútil!

Jamais matei alguém sem uma razão merecedora do meu ato!

Jamais fiz mal a alguém que não merecesse a pena capital!

Jamais mostrei o terror aqueles que não merecia ver!

O delegado se chama Alex Matter, um belo nome eu reconheço!

"Espero que ele seja competente." Eu penso.

Sua foto está estampada no jornal: um homem magro, jovial pela sua idade de 45 anos, com boa experiência em homicídios e algumas conquistas de criminosos pegos por sua boa desenvoltura em seu trabalho.

Uma equipe de bons profissionais é escolhida a dedo pelo delegado Matter.

E nesta equipe consta a presença de duas psicólogas que tentam retratar o perfil do assassino.

Sempre gostei deste jogo!

A busca por aquele que faz acontecer!

A busca por mim.

"Interessante." Eu penso.

Mais diversão está por vir, e darei a eles uma grande lição!

No jornal diz: qualquer informação ligue para este número!

"Eu farei esta ligação." Eu penso.

Passo perto de um restaurante, e consigo furtar um celular de um desavisado que fica falando sem parar com seus amigos.

Como já havia mencionado aqui, os brasileiros adoram falar!

Falam até pelos cotovelos!

O que é bom em certos casos, visto que se você ficar parado por uns cinco minutos perto de um deles irá descobrir tudo sobre a vida alheia, e poderá realizar mais um ponto por diversão quando estiver com tédio naquele dia.

Então ligo para o delegado, e digo que algum tempo atrás houve uma morte de um taxista que ocorreu a faca. Próximo a um grande incêndio e que talvez pudesse haver uma ligação entre os crimes.

O delegado admitiu que ele já tinha pensado nesta possibilidade, visto que todos os ataques com facas já estavam sendo rastreados recentemente.

Eu disse que eu estava vendo o incêndio que vitimou o parlamentar e que havia reparado em um homem que estava saindo do local de forma discreta, porém notável.

O delegado ficou curioso e perguntou a característica desta pessoa.

Então eu de forma educada disse: um homem alto, forte, cabelos pretos e pele branca.

O delegado pediu para eu ir a sua delegacia fazer um retrato falado.

E eu prontamente aceitei o convite!

E marcamos para à tarde, depois do almoço.

Vou até a delegacia, e me apresento ao Matter como um empresário que estaria aqui no Brasil a fazer negócios na área de tecnologia da computação.

Ele agradece a minha presença, e elogia o meu português bastante eficaz e me apresenta ao perito para a confecção do retrato falado do suspeito.

Então descrevo de forma sucinta o homem que vi.

O retrato falado fica pronto e é apresentado a equipe do policial.

Sem mais demoras, eu saio da delegacia e me retiro para o meu trabalho.

E recebo um obrigado pelo meu ato de cidadania.

Os policiais usam o retrato falador em sua busca investigativa, auxiliando a polícia a limitar o número de suspeitos.

Meu jogo será simples: tento desviar a atenção da polícia para um suspeito que tem bastante vontade de ser pego!

Esta pessoa eu conheço bem: é um concorrente meu!

E também está aqui nesta cidade!

Eu sempre disse que cada morte é apenas um ponto no placar.

E a polícia começa a realizar suas buscas.

Eu não estou agindo aqui sozinho!

Já o havia percebido antes em alguns acontecimentos!

O criminoso e seus crimes deixam rastros para aqueles que conseguem e tem o talento de entender o conceito e a motivação das ações!

Entender o que está por trás de mais uma morte; o seu motivo; o seu algoz e o perfil do criminoso que possuí a capacidade de cumprir com a sua promessa é algo para poucos.

Sigo o meu tempo, e também observo que estou sendo vigiado por uma figura estranha!

Será que agora eu também estou sendo caçado?

Além da polícia, teria mais alguém querendo a minha cabeça?

Será que alguém consegue me perceber entre as multidões de desavisados?

"Devo ficar de olhos abertos." Eu penso.

Ficarei atento para matar qualquer um que fique no meu caminho!

Devo preparar um plano ao meu nível: um encontro entre o meu seguidor, eu e o policial.

Devo criar o jogo eficaz: onde eu saio vencedor e aquele que agora me caça, um grande perdedor a vir a sofrer.

10 - A psiquiatra

Hum!

Acabei de acordar!

Estou com energias renovadas e pronto para o meu troféu do dia: a psiquiatra.

Lembro que comprei o livro publicado por ela em uma banca de revista na rua desta cidade linda.

Mas tenho que cumprir a minha promessa de matá-la.

"Sou uma pessoa educada." Eu penso.

Não posso deixar passar uma grande oportunidade para ela em me conhecer.

Irei provar a minha existência, e ela irá sentir e cheirar a presença de alguém magnifico como eu.

Seria muito interessante finalizar a vida desta imunda!

Ela acha que consegue decifrar os enigmas que ocorrem em minhas intenções e nas minhas ações corretas!

Mas ela está muito enganada!

Eu irei provar a ela o que é a dor da morte em minhas mãos!

Eu irei apresentar a ela a verdadeira loucura da minha presença!

Eu irei destruir tudo o que ela acha e acredita com um único susto: a morte!

Então eu sigo para a tal reunião em uma livraria que suporta o lançamento do novo livro da escritora psiquiatra.

O nome dela é: Juliana Gomes.

"Que nome ridículo." Eu penso.

Este sobrenome é bem típico dos brasileiros: Gomes.

Somente mais um sobrenome comum por aqui!

A livraria está lotada de pessoas idiotas em busca de um simples autógrafo. Que para mim não server para nada. Uma simples assinatura em um livro banal não traz vantagem a ninguém.

Mas o objetivo é certo: morte pura e aplicada.

"Nisto eu sou bom." Eu penso.

Já estou na fila!

E agora como eu irei realizar o meu grande ato?

Esfaqueio ela na frente de todos?

"Seria pego." Eu penso.

"Claro que não." Eu penso.

Eu sei que todos os psiquiatras possuem pacientes com transtornos mentais!

Basta eu achar um aqui para conseguir influenciar em seu comportamento normal que agora está mascarado pelo tratamento.

Começo a conversar com várias pessoas no recinto, até que acho aquele que busco: um ex-paciente da doutora.

Hahahahahaha...!

"Interessante." Eu penso.

Digo a ele que a médica psiquiatra é muito boa com seus pacientes e que eu também já fui tratado pelas suas mãos mágicas.

Ele fica animado com os meus comentários educados, cheio de elogios!

Como se todos os tratamentos fossem mágicos e não falhos.

Mas digo que eu ainda sofro, principalmente à noite!

Digo que o medo, o vazio e a solidão ainda vive em mim, mesmo depois de ser tratado com tanto cuidado.

Ele começa a mostrar um suor bem visível!

É fácil perceber como ele é fraco e passível de uma grande recaída!

Então eu continuo a disser para ele que ela ainda é a culpada por todo o problema que ainda possuo. Visto que ela de forma cruel me concedeu alta do meu tratamento e que aquilo era terrível para mim.

O infeliz de forma brutal soltou um grito de louco no ambiente.

Todos olham para ele com olhares de espanto e medo!

E de repente ele corre em direção a psiquiatra como um touro feroz, e se atira em direção a doutora que cai no chão de forma assustada.

Eu rapidamente me aproximo para ajudar, e esfaqueio o pescoço da médica de forma eficaz e transfiro a faca para este louco ao meu lado levar toda a culpa pelo fato consumado.

- Um absurdo! Eu digo em voz bem alta.

- Este louco matou a doutora! Eu afirmo de voz ainda mais alta!

- Chamem a polícia!

E ele acaba sendo capturado pelos seguranças da livraria e arrastado como um louco animal que acabará de matar uma pessoa indefesa.

"Que lindo foi esta cena." – Eu penso.

"Digno de um mestre como eu" Eu penso.

"Deveria tirar uma foto para recordação" Eu penso.

Mas o prazer que me sustenta não fica gravada em foto alguma. Gosto que ver com os meus olhos a cena em tempo real. Sentir o medo saindo do corpo em processo de morte, visualizar o desespero do último suspiro e sorrir para aquele que morre em frente a mim de forma espetacular.

11 - O encontro

À noite eu sigo para um restaurante muito apreciado para um bom jantar.

Sei que alguém me segue!

Mas havia entrado em contato com o policial sobre a possibilidade de estar sendo seguido.

E digo que estarei no restaurante Victor Boss próximo a praia de Ipanema!

O policial segue para lá de forma imediata!

E diz que está com uma equipe de três pessoas me observando.

Percebo uma sombra de forma rápida a passar perto de mim.

Seria outro psicopata mestre como eu?

Ou um mestre dos mestres?

Sempre ouvi falar entre o meu meio a presença de um ser que poderia ainda ser mais cruel do que eu.

Sempre há alguém maior que você!

Sempre há um peixe maior e mais assustador!

Então eu aguardo o ataque, mas não indefeso como minhas vítimas!

Eu aguardo a oportunidade de ficar de frente com aquele que pode estar tentando me superar.

Durante o jantar eu ligo para o Matter que está à espreita do lado de fora do restaurante, e um dos seus agentes está em uma mesa próximo a minha.

Agora tenho parceiros para me proteger!

Estou sendo caçado!

É incrível a sensação!

"De caçador a caça" Eu penso.

Um evento normal em qualquer campo de batalha!

Tudo pode mudar de uma hora para outra!

Termino o jantar e caminho ao banheiro. Vejo que alguém me segue além do agente policial.

O ser se apresenta a mim: um homem, pálido, de voz firme e olhos de assassino.

Ele diz: você é como eu, porém não é imortal!

Ele completa: você é como eu, porém também é uma presa minha!

Eu pergunto a ele o que ele é?

Ele diz que é aquele que vira sombra, e aquele que me segue para conhecer os meus passos. Aquele que viu todas as minhas ações sem eu mesmo perceber a sua presença. Aquele que é melhor do que eu, porque aprende comigo e me supera.

Seus olhos brilham por mim, como se eu fosse realmente valioso e digno de ser devorado pela sua boca.

Ele estende a sua mão, mas rapidamente eu o esfaqueio e faço um corte profundo em seu braço.

Nada sai do seu corpo cortado!

"Ele não sangra" Eu penso.

Ele me agride com um empurrão violento, e com uma força descomunal e me empurra de encontro à parede do banheiro.

Caio de forma brutal no chão e ferido.

Neste instante entra o agente e vê a cena.

O policial saca a arma a ameaça atirar neste ser sombrio que me supera.

Com uma velocidade incrível o ser decapita o policial com um único golpe, usando somente uma mão com suas unhas a amostra.

Ele diz a mim que me deseja.

El deseja sugar o meu poder.

E que deseja comer o meu coração.

Mais policiais entram no restaurante, e o ser misterioso sai como uma sombra e desaparece.

Os policiais entram no banheiro, e me vê ferido e seu agente morto de forma brutal.

Na visão deles fica claro que eu não sou uma ameaça a ninguém, senão uma pobre vitima que teve uma pequena sorte hoje.

"Mas aquele ser me fascinou." Eu penso.

Aquela coisa misteriosa é tudo que eu gostaria de ser!

Ele disse que eu não era imortal, porém igual a ele.

Então ele é um imortal, que anda e que mata como eu, porém com mais eficiência. E com uma capacidade de desaparecer e aparecer como uma sombra.

Eu desejo este poder!

E para conseguir irei comer o coração dele.

12 - O renascimento

Estou em recuperação dos meus machucados.

Meu braço está um pouco ferido, e minhas costas doem de forma continua.

Mas eu não posso parar!

Não posso perder esta oportunidade!

Preciso criar e controlar um encontro com o ser da sombra!

Preciso atrair esta coisa para que eu possa vencê-la com as minhas regras!

E se é a violência carnal que o anima, irei atrás de outro psicopata que também está aqui no Rio de Janeiro e irei realizar uma cena incrível!

Vou atrás do meu concorrente também humano, que está agindo em um lugar bem especial!

E sei que ele estará em uma loja de espelhos após seguir os seus passos por algum tempo.

Sei que a criatura me segue de forma eficaz. Mas só irá aparecer mais uma vez depois de presenciar um evento digno de sua presença.

Na loja de espelhos de vários tamanhos meu concorrente está conversando com um homem sobre mim.

E quando ele vira e me vê, fica surpreso.

Ele também estava me casando.

Eu olho em seus olhos e ele me encara da mesma forma.

Ele de forma muito educada tenta me mostrar um espelho que adora usar para refletir a imagem daquele que ele matou.

Quando ele mata, coloca um espelho na frente de sua obra e fica admirando o reflexo.

É uma mania dele!

E eu irei aproveitá-la!

Esta mania também pode me favorecer.

Devo vencer aos dois ou morrer aqui tentando!

A criatura irá se revelar mais uma vez quando vir à cena macabra se desenrolando.

Meu concorrente faz o primeiro movimento quando deixa cair um copo de chá que estava em suas mãos.

Sua intenção é me distrair para conseguir um golpe contra meu corpo. Mas sou mais rápido, e consigo desviar o ataque e realizo da mesma força um esfaqueamento certeiro em seu pescoço e ele vai ao chão.

Devo admitir que me matar não será um trabalho fácil!

Meu concorrente ainda vive em seus últimos suspiros, misturando sangue que sai de sua boca.

A excitação da cena anima o ser que me segue e ele surge como um fantasma por trás do atendente que ainda estava na loja.

Esta figura pálida e imortal abocanha o pescoço do pobre homem, dilacerando seus músculos, fazendo jorrar o sangue de sua presa até o teto.

A criatura se dirige a mim, mas o que ela vê é o meu reflexo no espelho.

Antes de pronunciar qualquer coisa, eu já bem posicionado, consigo efetuar um movimento que atinge a nuca da criatura que agoniza em fraqueza.

Esta coisa cai ao chão.

E vejo sua face pálida.

Sua admiração surge por alguém mortal como eu, que conseguiu atingi-la com tamanha crueldade.

Sem perder tempo, eu ataco novamente e decapito o ser que se dizia imortal.

Sua cabeça ainda vive e olha atentamente para mim sorrindo.

Olha para o seu próprio corpo e indica o seu coração.

Abro o peito daquele corpo bizarro e como o coração.

Absorvo todo o seu poder deste ser, e me sinto imortal.

Meu corpo muda para melhor!

Minha visão torna mais poderosa!

Minha força parece ser descomunal e minha astúcia chega a níveis altos.

Agora compreendo tudo a minha volta. E vejo coisas não perceptíveis para um homem comum.

"Agora sou um imortal" Eu penso.

A cabeça do ser pronúncia sua última palavra: vampiro!

E fecha os olhos para sempre.

Então é isto que eu sou agora, um vampiro!

Aquele que anda entre os vivos, e abocanha seus sangues abençoados.

Meu nome é Willian Score, e agora sou um psicopata vampiro!

Agora sou imortal, caçador e a sombra dos desavisados!

Caçarei a todos que eu desejo!

Alimentarei o meu corpo com o prazer do sangue!

Eu sou um EU PSICOPATA VAMPIRO!

E minhas novas aventuras serão descritas por mim e minhas novas formas de matar e de apresentar o meu trabalho.

Como diz o soneto Ozymandias: "Contemplem minhas obras, ó poderosos, e desesperai-vos."

Agora eu sou aquilo que sempre desejei: uma sombra letal e imortal.

Aguardem pelos meus próximos feitos.

O FIM

www.ingramcontent.com/pod-product-compliance
Lightning Source LLC
Chambersburg PA
CBHW030506130626
46549CB00007B/2871